밥격

시작시인선 0192 밥격

1판 1쇄 펴낸날 2015년 11월 3일
1판 2쇄 펴낸날 2015년 12월 15일
지은이 윤중목
펴낸이 이재무
책임편집 박찬세
디자인 소은영
펴낸곳 (주)천년의시작
등록번호 제301-2012-033호
등록일자 2006년 1월 10일
주소 (04618) 서울시 중구 동호로27길 30, 413호(묵정동, 대한문화원)
전화 02-723-8668
팩스 02-723-8630
홈페이지 www.poempoem.com
이메일 poemsijak@hanmail.net

ⓒ윤중목, 2015, printed in Seoul, Korea

ISBN 978-89-6021-247-3 04810
　　　　978-89-6021-069-1 04810(세트)

값 9,000원

밥격

윤중목

천년의시작

마흔을 넘어서며 많은 것을 잃었다.
원망했고 분노했고, 끝내 두 무릎이 꺾였다.
그 후로도 세월은 오래토록 내 살을 발라 먹었다.

하지만 나는 다시 또 일어섰고,
이번에는 세월아,
내가 네 살을 발라 먹을 차례 아니냐.

차례

시인의 말

제1부

제3부

제1부

밥격

내가 오늘의 점심메뉴로
800원짜리 또 컵라면을 먹든
8,000원짜리 불고기백반을 먹든
80,000원짜리 특회정식을 먹든
밥값에 매겨진 0의 갯수로
제발 나의 인간자격을 논하지 마라.
그것은 식탁 위에 또아리를 틀고 앉아
입과 혀를 교란시키는 한낱 숫자일 뿐.
식도의 끈적끈적한 벽을 타고
위장으로 내려가는 동안
앞대가리 8자들은 모조리 떨어져 나가고
소장에서 대장에서 직장으로
울룩불룩 창자의 주름을 빠져나갈 때
나머지 그 잘난 0자들도 모조리 떨어져 나가고.
밥격과 인격은 절대 친인척도
사돈에 팔촌도, 이웃사촌도 아니다.

금초자

예전에 제가 얼마간 알고 지냈던 사람 중에 금초자란 분이 있었어요. 성이 금씨에 이름이 초자겠죠. 그런데 영자, 숙자는 많이 들어봤어도 초자는 참 생소하죠. 더구나 남자 이름으로 말예요. 그분 실은 금융권 할부빚 몇백만 원인가가 끝끝내 연체 90일을 넘겨 신용불량자가 된 프리랜서였어요. 헌데 우연히 인터넷을 뒤적이다가 신용불량자란 용어가 금융소외자로 바뀌었단 사실을 알게 됐나 봐요. 뭐라더라, 언어 순화 차원이라나. 그러자 그분 그 자리서 대번에 내뱉었다는 일갈인즉, "소외자? 웃기고 있네." "내가 왜 소외자야, 초월자지!" 그리고 그분 그 후부터 스스로를 당당히 금초자라 부르기로 했다더군요. 신용불량자를 줄여 신불자라 하듯 금융초월자도 줄여 금초자라 말이죠. 그런데 그분 요즘 대체 어디서 뭘 하며 지내고 있는지, 오늘따라 새삼 더 근황이 궁금해지는 밤이네요. 왜냐고요? 그분이 갑자기 보고 싶으니까요. 그분의 걸쭉하고 듬쑥한 사람 냄새가 몹시 그리우니까요. 마침내 저도 오늘부로 똑같은 금초자가 됐으니까요.

으악새

아버지 읍내 친구집에 돈 빌리러 가시던 날,
엄마는 서둘러 기지바지를 다리셨고.
광 구석대기에 쑤셔 박아둔 구두짝도 꺼내어
켜 쌓인 먼지 손으로 털어 툇돌 위에 올려놓으셨고.
돈 꾸러 가지 선보러 가느냐며
아버지 짐짓 귀찮다는 듯 툴툴거리셨고.
그래도 또 아버진 아버지대로
상자곽에 꾹꾹 곶감을 눌러 담아 보자기로 싸셨고.
그것 들고 아버지 잰걸음으로 집문을 나서셨고.

온종일 맵싸한 벌바람이 살갗을 그어대던
그날, 늦은 밤이 다 되어서야
아버지 만취해 집으로 돌아오셨고.
아침에 들고 나간 보자기 꾸러미
싼 채로 그냥 그대로 다시 들고 오셨고.
엄마는 저녁상 차릴까 여쭤보셨고.
아버지 생각 없다며 손을 가로저으셨고.
비틀비틀 방으로 드시다 말고
툇돌 맨바닥에 철퍼덕 내려앉으셨고.

15

술기운에 꾸부정한 음정, 박자로
'아아, 으악새 슬피 우니 가을인가요.'
'아아, 으악새 슬피 우니 가을인가요.'
당신의 18번지 고복수 씨 노래 첫 소절만
계속 계속 토악질하듯 꺽꺽거리셨고.
찬 밤공기에 입김이 바스락거릴 때까지
희뿌연 달빛 아래 오토리버스처럼
열 번이고 스무 번이고 꺽꺽거리셨고.

삶의 명제

신불자 등급이 주의를 넘어 황색을 넘어
시뻘건 적색으로 넘어가는
마침내 오늘 현재, 내 삶의 명제는
오로지 생존이다 철두철미 생존이다.
평생 큰바위얼굴을 닮으려 찍어 발라온
명품 화장품 세트 같은 고전 속 말씀, 말씀, 또 말씀
그 화려한 때깔로 번질거리던 이목구비 살점들이
오늘 아침 싹둑, 면도날로 잘린 듯 떨어져 나가
세면대 수챗구멍에 아슬아슬 걸려 있을 때
갑자기 언청이 코찡찡이가 돼버린 거울 속 얼굴 한복판에
교양서적 인문서적 종이 절은 책장 대신
연체금 독촉장과 가압류 통지서가 달라붙어 펄럭거릴 때
엄숙히 그러나 당당히 내 선언하노니,
나 자신을 위해 죄 없는 나의 식솔들을 위해
지금 이 순간에도 오직 살아남고자 애간장을 졸이는
나와 동류동급의 이 땅 수많은 적색 생존파들을 위해
앙다문 가슴을 쩍, 뼈개며 내 선언하노니,
세상 어떤 번지르르한 삶의 명제도 철학도
생존이란 대과업 앞에 너 고개 숙이라!

삼수갑산

나는야 오늘 낮에 책방엘 갔었네.
나흘 동안 꼬박 밤새워 번 돈
18만 5천원을 몽땅 털어서
이 코너 저 코너 휘젓고 다니며
책, 책을 샀네, 숫제 반항적으로 샀네.
도합 16권이었네.
그 흔한 만 원짜리 한 장이 아쉬워
새 책을 사본 지가 어언 9개월.
돈 없어 밥 굶는 설움만큼은 아닐 테지만
돈 없어 책 굶는 설움도 보통이 아니란 걸
질겅질겅 씹어온 지난 내 9개월이었네.
중년의 허리춤에 둥지를 튼 이 몹쓸 궁핍이
얼마를 더 길게 갈지 가늠이 안 되거늘,
당장 또 며칠 내로 내야 할 이번 달 월세도
어디 가서 구해야 할지 묘책이 안 서거늘,
에라이, 배짱 좋게 호사 한번 부려봤네.
내일이면 헉-헉-헉- 삼수갑산을 갈망정
오늘 나는 허-허-허- 산천 구경을 갔었네.
산천보다 그윽하게 우거진 책방엘 갔었네.

부럼

음력 정월 대보름날 아침
부스스 잠에서 깬 나에게
아내가 호두 두 알 쥐여 주며
내 더위 가져가라!
휘이휘이 외치라 하네.

그깟 것 더위 따위 뭔 대수라고
나에게 가져갈 건 따로 있는데.
온몸 상피에 오글오글 들붙어 있는
찰거머리 같은 이 가난이나 가져가지.

호두 껍데기 창밖으로 휙 내던지며
내 가난 가져가라!
내 가난 좀 가져가라!
꺼이꺼이 외치고 또 외쳤네.

오만 원

오랜만에 서울 올라와 만난 친구가
이거 한번 읽어보라며 옆구리에 푹 찔러준 책.
헤어져 내려가는 고속버스 밤차 안에서
앞뒤로 뒤적뒤적 넘겨 보다 발견한,
책갈피에 끼워져 있는 구깃한 편지봉투 하나.
그 속에 빳빳한 만 원짜리 신권 다섯 장.

문디 자슥, 지도 어렵다 안 했나!

차창 밖 어둠을 말아대며
버스는 성을 내듯 사납게 내달리고,
얼비치는 뿌우연 독서등 아래
책장 글씨들 그렁그렁 눈망울에 맺히고.

굴욕

주머니 위아래로 까뒤집어보지만
나갔다 올 왕복 버스비에도 모자랄 때.

달랑 세 까치 남은 담배를 지금
한 개는 피우나 마나 주빗거릴 때.

봉지쌀 희끗하게 바닥이 보이고
라면 종류는 진작 다 떨어졌을 때.

그것도 모르고 배 속에선 밥 달라고
크레센도로 계속 신호음을 보내올 때.

벼룩시장, 교차로, 가로수
죄다 구인 광고들 나이 제한에 걸릴 때.

처가고 본가고, 친구고 친구의 친구고
손 또 벌릴 위인 나부랭이 더는 정말 없을 때.

그래도 밤이면 옆에 누운 아내에게
잘난 그 아랫도리 불뚝거릴 때.

어떤 시인이 한 '굴욕은 아름답다'는 말이
젠장, 털끝만큼도 아름답게 들리지 않을 때.

발자국

눈밭 고단한 고단한
저 발자국을 보라
웅크린 어깨 위로
수북수북 쌓이는
캄캄한 새벽을 털며
단잠 깊은 아이들의
해맑간 얼굴을 털며
일 나간 아비의 총총한
저 발자국, 발자국을 보라
발자국에 뽀득뽀득 묻어나는
아비의 흰 살점을 보라
살점 속에 꽉 들어박힌
한생 바친 노동의
피멍 진 못자국을 보라

반 평

하루의 고단한 노동을 마치고
돌아와 자리에 눕는다.
낯익은 몸내가 뒹구는 요 위에
사지를 쭉 늘어뜨리고
오늘밤의 모든 휴식과 안락을 맡긴다.

길어야 가로 1미터, 세로 2미터.
고작 반 평 남짓 넓이건마는
동으로 서로 수십 킬로미터를
온종일 쉼 없이 돌아쳐 지켜낸
와불 같은 평온이다, 고요다.

남은 생의 나날들도 이렇게
밤이면 반 평짜리 둥지로 깃들다가
훗날 죽어 영면하여 누울 곳도
사방 또 반 평이면 족하다.

살아서나 죽어서나
이 한 몸 무욕한 육신에겐
반 평 바닥이 넓디넓은 도량이다.

24

리어카

할아버진 리어카쟁이셨네.
역전앞 도로나 시장통 거리에
요즘으로 치자면 용달차 짐꾼 정도?
젊은 날 높은 학식 다 집어던지고
길고 긴 역마살 이십 년 객지 생활 끝에
돌아와 고작 바꿔 탄 말이 리어카셨네.
그나마 근력은 아직 쓸 만하다는
표시셨네, 남은 생 의지할 단 하나뿐인.

할아버지 어쩌다가 쉬시는 날이면
리어카는 자연 나의 독차지였네.
신나는 전액 무료 놀이기구차였네.
할아버지 나 난짝 들어 태우시고
온 동네 길이란 길은 들어갔다 나왔다
부릉부릉 입으로 찻소리 흉내까지 내가며
리어카를 부리셨네, 한 시간이고 두 시간이고
지상 최고의 브이아이피 꼬마 승객을 위해
당신의 육신 같은 리어카를 밀고 끌고 하셨네.

할아버지 스러지는 노년의 끝자락과

파릇파릇 돋아나는 내 유년의 앞자락에
아릿한 두 줄 바퀴 자국을 찍어놓은 리어카,
할아버지 죽어 남긴 단 하나의 유품이셨네.

향기

장미꽃, 백합꽃 같은
꽃송이, 꽃봉오리에서만
깊은 향기가 나는 게 아니다.

화장품, 향수라든지
방향제, 방향초라든지
내지는 갓 구운 빵,
갓 내린 커피에서만
짙은 향기가 나는 게 아니다.

분명 사람에게도,
삼태기 같은 너른 그의 앞자락에
세상 모질고 험한 숱한 이야기들을
온몸으로 쓸어 담은 사람에게도
그윽하게 피어나는 향기가 있다.

그의 존재, 그의 이름만으로도
사나운 세파가 죽죽 그어댄
푹 팬 상처들이 아물려지는
취할 것 같은 향기가 있다.

아, 내가 그런 사람,
그런 향기이고 싶다!

상처

오늘 입은 상처는
오늘을 넘기지 마라.

오늘 지나 내일이면
굼실굼실 계속해 기어 나오는
쌀부대의 쌀벌레들처럼 또 다른
내일의 상처가 파고드는 법.

온몸의 힘을 다해
온정신을 쏟아부어
오늘 받은 상처를
오늘 안에 꼭 아물게 하라.

오늘의 이 상처는, 쉿!
잠시 후 자정이 데드라인이다.

동춘이

소위 말해서 그가 나보다 집안이 좋은 것도, 학벌이 좋은 것도 아니었다. 그렇다고 변변한 직장을 다니는 것도, 특별나게 돈을 많이 버는 것도 아니었다. 그러니 이따금 그를 만나게 되면 밥 한끼를 사도 내가 샀고, 술 한잔을 사도 내가 샀다. 물론 그것이 내가 그보단 형편이 좀은 낫다는 것을 과시하려 함은 결코 아니었다. 차라리 나로서는 그에게 항상 지녀온 빚진 듯한 마음을 그 순간이나마 덜어보려는 일종의 자구책일 뿐이었다. 세속적인 잣대로야 뭐 하나 내가 못할 것이 없으면서도 그런 그와 마주 앉기만 하면 나의 모습은 어찌 된 일인가 이내 곧 초라하고 비굴해지기까지 했다. 나서부터 옷가지마냥 입고 지내는 평생의 가난과 불운 속에서도 아름드리 나무뿌리처럼 굵어진 그의 의연한 심지에 맞닥뜨려선, 얄팍한 처세로만 길들여진 나의 속심은 여지없이 벗겨져 바닥 밑이 드러났고, 부질없게도 나는 이를 덮어보려 무진 애를 써야만 했다. 고교 일년생 풋내 나는 의기가 통하던 짝꿍 때와 변함없이 그는 세월의 풍화에도 깎이지 않은 미덥고 도타운 얼굴이었으며, 속물로 변해버린 내 앞에 언제고 칼칼한 파수꾼으로 서 있었다.

30

시 같지 않은 시

김용락 시인의 「시 같지 않은 시」 연작을 읽고서
나도 시 같지 않은 시를 한 편 써봤다.

세상에는 네 가지 부류의 친구가 있는데
정말로 다급해져 돈 좀 꿔달라 해보면 안다고
옥수수를 드시다 말고 선생님은 다음과 같이 말씀하셨
다.

돈이 있어 두 말 없이 선뜻 꿔주는 친구;
– 너무 고맙다!

돈이 분명 있어도 둘러대며 안 꿔주는 친구;
– 진짜 얌체다!

돈이 없어 꿔주고 싶어도 못 꿔주는 친구;
– 걔도 안됐다!

돈이 없어도 어디서 구했는지 꿔주는 친구;
– 완전 돌았다!

제2부

똥

겹겹으로 봉합된 위장 속에 꾹꾹 쑤셔 넣어져
시큼털털한 각종 소화액에 얇게 분철된 채로
장님처럼 더듬더듬 창자벽을 포복해 내려가다
항문관을 뚫고 나온 즉시 전량 폐기 처분되는,

어제의 또 헛되고 헛된 경전經典 말씀들!

사람

사람들, 사람들이 그리워진다
하루의 수고가 가파를수록
눈길 부디 나직한 사람들이
그리워진다, 문득 해 떨어져
골목골목 담벼락 외등 켜질 때면
그네들 얼굴도 하나둘씩 켜진다
밥 냄새 모락모락 새어 나오는
그네들 말소리 귀를 두드린다

사람들 그리움이 갈근갈근
마른 목젖에 걸리운 저녁이면
천상 나도 사람인가 보다, 사람

밤에

한밤의 정적이 젖은 솜처럼 내리깔린
창밖 너머 저기 숨죽인 밤거리를 본다
어둠 속 가물가물 잡히는 사물들의
평화로이 정지된 동선動線을 본다
그래, 세상도 분명 이럴 때가 있구나
낮 동안 쉴 새 없이 컥컥 달음질치더라만
비로소 꽉 조여진 활줄 푸는 때 있구나
찔러댈 듯 부라리던 지상의 모든 물상들이
연두부 같은 밤공기에 안겨드는 이유로구나
나도 칼칼해진 마음줄 내려놓으며
순하게 여인 곁으로 눕는 이유로구나

불행에 대하여

불행은 직선으로 오지 않는다.
때로는 사선으로 때론 곡선으로
늘, 불침번 선 눈의 정면을 비끼어 온다.
불행이 드디어 가시각도로 들어온 때,
몸에는 이미 이곳저곳
젤리 같은 빨판들이 호스를 박고 있다.
쭈욱- 쭈우욱-
죽지 않을 만큼의 피와
죽지 않을 만큼의 진액을
뽑아 먹고 나서야 불행은 비로소
퉁퉁 불은 빨판을 거둔다, 갈 때도
불행은 직선으로 가지 않는다.
물러나는 동선을 좌우로 비틀며 간다.
그렇게 최후까지 제 수명을 늘인다.

돌잡이

돌잡이로 처음 내가 손에 꽉 움켜잡았던 것이
아버지는 분명 돈이었다 하시고
어머니는 아니라고 실이었다 하시고
외삼촌은 또 아니라고 연필이었다 하시고
도대체 어느 분 말씀이 맞는 건지
이처럼 어른들 주장이 제각각 다른 걸 보면
돌잔치를 아예 안 했던 건지도 모른다란 얘긴데

돌잔치를 진짜로 했든지 안 했든지 간에
셋 중 과연 어느 걸 처음으로 잡았든지 간에
잘난 아들 자식 조카 자식이
아버지는 아마 돈 많은 부자가 되기를
어머니는 그저 명 길게 오래 살기를
외삼촌은 또 큰 공부해 이름을 떨치기를
어른들 각자 나름 그리 바라셨더란 얘긴데

하지만 아버지와 외삼촌의 기대는 둘 다 다 꽝인 것이
돈 잘 버는 재테크인지 뭔지는 저기 저 먼 산 바라보듯
박사 따는 학위증인지 뭔지는 저기 또 저 먼 강 바라보듯
재주도 관심도 없이 이제껏 늘쩡늘쩡하고만 살아왔으니

필시 돈이나 연필을 잡은 건 아니었더란 얘긴데

그리하여 끝으로 남은 건 실
실 잡아 무병하고 무탈하게 오래라도 사는 것이
어머니 애틋하신 바람 하나 이뤄드리는 일이련만
몸 중한 줄 모르고 예나 지금이나 순 객기로 돌아치는
데다가
특출나게 타고난 강골이나 강체질도 못되지 싶으니
그렇다면 이게 또 실을 잡은 것도 아닌 거였더란 얘긴데

결국은 돈도 연필도 그리고 또 실도
갓 돌배기 고물거리는 손에 어느 한 개 잡은 게 없었으니
문자 그대로 빌 공 자, 손 수 자, 공수래空手來였더란 얘
긴데
어느새 나 훌쩍 지천명의 문지방에 올라선 나이거늘
남은 평생 이제라도 무언가 새삼 움켜잡으려 악쓸 것 없
이
그저 또 공수거空手去로 살다 가면 되겠더란 얘긴데

낙산에서

오호라 내가 밤새 뒤척거린 까닭은, 파도여,
네가 어둠 속 불끈 일어 달음박질쳐서였구나.
부릅뜬 눈으로 태평양 만 리 밖까지 내달아
고기떼 흰 비늘에 묻은 사연들 밀고 밀고 또 밀어
동해안 뽀얀 모래톱 위로 철-썩 얹어 놓아서였구나.
끝내 지쳐 헐떡헐떡거리는 너의 숨소리가
내 엷은 고막을 부단히도 서걱거려서였구나.
그 사연들 무얼까 나 도무지 가슴 졸여서였구나.
신열 오른 몸을, 파도여, 뒤척이고 뒤척이다
너에게로 기어이 내던지고 싶어서였구나.

속울음

두 눈가에 그렁그렁 고인 슬픔이
주르륵 뺨을 타고 흘러내리는
그 투명한 눈물 줄기보다도
저기 저 아랫배 굵다란 창자를 휘저으며
가슴 안벽까지 타고 올라
석순처럼 떡 굳어버린 눈물 기둥,
그 캄캄한 속울음이야말로
절망 끝에 삭— 삭— 뼈마디를 갉아대는 울음인 것을.

그토록 속울음 울고 울고 또 울어
온몸 금이 가도록 울고 또 울어
눈물 기둥 기어이 잘게 조각나버릴 때면
허옇게 소금꽃으로 뒤덮인 가슴도 어느새
풀썩 주저앉아 무너져 내리는 것을.

바퀴

바퀴는 둥글다네
세모도 네모도 아니고
오로지 둥글 뿐이네
반반한 길이건
울퉁한 길이건
둥글어야만 앞으로
쉬이 잘 굴러가네

그러니 행여 볼그라진 속일랑
꽁하고 뾰조록한 생각일랑
갈고 자르고 두들겨
둥글게 더 둥글게
마름질할 일이네

모난 세상 그것이
전진하는 자의 바로
탄탄한 내면공학이라네

방충망

이곳은 월경 금지! DMZ 철책 같은
방충망에 방아를 찧듯 나방은
거푸 머리를 들이받히면서도
형광등 환한 불빛 유혹에 겨워
방 안으로 기를 쓰고 날아들려고

삶이란, 한여름 밤 불나방처럼 이렇듯
눈부신 세상으로 비행을 꿈꾸는 것
그러나 사방 둘러친 망틀에 걸려
끝내 넘질 못하는 것 뒤뚝뒤뚝대면서도
날개를 치는 것 다시 또 꿈꾸는 것

아스팔트도 자연이다

아내가 문득 연애시절을 돌이켜
내가 했다던 말끝을 꼬집고 나선다.
글쎄, 아스팔트도 자연이랬다고.
그런 비상식적 궤변이 어디 있냐고.
비상식이든 숫제 아주 몰상식이든
허나 내 육골의 성분이 그러한 것을.
유년과 소년과 청년 시절 모두를
도시의 아스팔트 새까만 타마구 속에
어느덧 중년인지 장년인지까지도
고스란히 파종해 심어버린 나에겐
그 거북이 등딱지 같은 아스팔트가
사시사철 내 밑둥이 뿌리박고 흡수한
무기질 토양이요 거름이자 양분인 것을.
수수십 년 그 위를 찍고 지나간
사방팔방 신발 자국과 타이어 자국이
내 발육과 성장과 이제는 노화까지의
전소 과정 다큐멘터리 생태 화석인 것을.
그래서 아스팔트도 자연이다.
때론 비극적으로, 때론 희극적으로
그래서 내겐 아스팔트도 자연이다.

밥

　밥을 먹는다. 오늘 아침 밥을 먹는다. 한 술 두 술 따끈하고 찰진 밥을 먹는다. 이 밥이 밥상 위로 오르기까지 얼마나 많은 손들이 분주했을까, 하는 생각을 꼭꼭 씹어가며 먹는다. 이른 새벽 부스스 일어나 국이며 반찬이며 정성들여 상차림한 아내의 두 손이 사뭇 분주했을 것이다. 사실은 이미 아내 이전에 다른 숱한 이들의 손이 이 밥과 밥상을 위해 분주했을 것이다. 여기 내 바로 앞에 한 그릇의 밥이 놓이기까지 별의별 이들이 별의별 일들로 분주하게 손을 놀려댔을 것이다. 그런데 그들도 또한 필시 그렇게 하여 놓인 밥을 먹었을 것이다. 그들 이전에 다른 어떤 이들의 손이 그들의 밥을 위해 분주하여 놓인 밥을 먹었을 것이다. 그렇듯 지금 이 순간 나 역시도 똑같이 그러한 밥을 먹는 것이다. 이제는 아내의 손이 아닌 만인의 손이 지은, 그렇게 손에서 손으로 끊임없이 이어 달린 밥을 먹는 것이다. 그러면 이 밥을 먹은 나의 손도 또한 누군가 다른 이의 밥을 위해 분주해질 것이다. 나 이후에 또 이후의 이후에 수수 많은 이들의 밥을 위해 분주해질 것이다. 그리하여 결국 만인의 밥은 나의 밥이 되고, 나의 밥은 다시 또 만인의 밥이 되고. 그런고로 밥은 윤회다. 무한히 또 부단히 증식되는 윤회다. 밥은 세상 가장 분주하고도 거룩한 윤회다.

나의 기도

처음으로 여인의 벗은 몸을 만졌을 때처럼
처음으로 파도치는 바다를 보았을 때처럼
처음으로 백범일지를 읽었을 때처럼

다시금 심장의 고동 소리가 듣고 싶다
매 순간 제발 두근대고 살고 싶다

목숨 걸고

목숨 걸고 하라고
목숨 걸고 하라고
나와 내 식구를 위한
또 하루의 비루한 양식을 버는 일에도
목숨 걸고 하라고

세상 진짜 뭣 같다며 사이사이 새어 나오는
된소리, 상소리 눌러 막으며
가슴 속 쟁여놓은 그윽한 말씀들
하나둘 길어 올려 수신修身하는 일에도
목숨 걸고 하라고

굼실굼실 신열이 오르는 밤이면
주먹 크기만 한 무게추처럼 매달려
명치끝을 잡아채 내려뜨리는 인생 고민을 해도
목숨 걸고 하라고

십수 년 곰삭은 아내와
그 짓거리 한 번을 하더라도
목숨 걸고 하라고

청춘백서

숙성은 아직 멀어
풋냄새 그득한 채로
양철 깡통 통조림 속
들큼찝찔 시럽에 쑤셔 넣어져
짱짱한 발기 한번 못 해보고
흐물흐물 물렁뼈로
삭아버린 청춘이여!
그리하여 끝내 봉합된
청청했을 하늘이여!

제3부

비

구름은 산새들 울음을 먹었다.
꾸역꾸역 온종일 울음을 먹었다.
산새들 목 닳도록 울음 울었고,
구름은 그 울음 배 앓도록 먹었다.

뒷산엔 칼칼한 소소리바람 불고,
허연 버짐처럼 부르튼 언덕길 위로
잡풀들 앵돌아져 등줄기 부딪칠 때,
구름은 참았던 비를 토했다.

배앓이로 뒤틀려진 그날 밤
신물이 넘어오도록 비를 토했고,
어미도 참았던 비를 토했다.
늙은 홀몸 부러지게 울음 토했다.

무덤 앞에서

잔솔나무 빼곡한 산 아래턱
양지바른 자리는 용케 잡았소.
구색은 갖췄네 봉분 앞자락에
매끔한 흰 비석도 하나 세웠소.

논밭갈이 자식갈이에 일평생
등날 퍼런 농투성이 張三李四로
이름 석 자 흙 속에 묻고 살더니
죽어서야 몸뚱이도 땅에 묻었소.

이생 등진 관 속에도 세월은 슬어
베옷 동인 육골은 이미 썩고 삭고,
철따라 무덤가에 들꽃 향기 그윽해도
고향 떠난 자손들 낫질 끊긴 지 오래.

바람 불어 뗏장이 어질러진 밤이면
뒷산 칡넝쿨 사납게 얼크러졌소.

나무

나무는 그렇게 세월을 견뎠다.

세월이 제 몸 삭혀 길러낸 비바람 쏘이며
껍질에는 두툴두툴 검붉은 딱지가 앉았고,
속심 고갱이는 옹골지게 꼭꼭 여물어갔다.
세월이 울려댄 잔가지며 잎새들 떨림 소리는
밤사이 끈적끈적한 수액으로 흘러내렸다.

사각사각 세월에 긁힌 묵형墨刑의 흔적,
나이테 그 아스라한 동그라미 안으로
나무는 꽁꽁 세월을 묶어 가뒀고,
갇힌 세월은 끝내 굵은 옹이로 박혔다.

나무는 그렇게 세월을 견뎠다,
오직 한자리에 붙박인 뿌리로
나무는 그렇게 세월을 디뎌 견뎠다.

산 너머

산 너머 산 너머 산 너머 산
거기 또 산 너머 하늘 끝닿은 산

능선 따라 굽이치는 천 년의 세월들은
산등성 빼곡한 솔숲 안에 꼬옥, 꼭 가둬두고
계곡 따라 흘러드는 천 년의 사연들은
산골짝 큼직한 바위 밑에 꾸욱, 꾹 눌러두고

실바람 소리조차 꾸짖는 묵언수행 중!

산 너머 산 너머 산 너머 산
거기 또 산 너머 내 마음 가져간 산

어미

드르륵 드륵 맷돌에 콩 갈리듯
두 짝 돌 틈새로 비집고 나오는,
비집고 나와 넘어오는 그게 있다.
물컹물컹 넘어오는 그게 있다.

달빛에 수태된 숲 속 우물물처럼
밤새도록 색색 배불러 오르는,
배불러 올라 넘어오는 그게 있다.
철렁철렁 넘어오는 그게 있다.

염병할 놈의 그게 있다,
넘어오다 넘어오다
목젖에 덜컥 걸린,
품 떠나간 자식놈 얼굴이 있다.

밥

밥은 사랑이다.

한술 더 뜨라고, 한술만 더 뜨라고
옆에서 귀찮도록 구승거리는 여인네의 채근은
세상 가장 찰지고 기름진 사랑이다.

그래서 밥이 사랑처럼 여인처럼 따스운 이유다.
그 여인 떠난 후 주르르륵 눈물밥을 삼키는 이유다.

밥은 사랑이다.

다소곳 지켜 앉아 밥숟갈에 촉촉한 눈길 얹어주는
여인의 밥은 이 세상 최고의 사랑이다.

새

누우런 흙냄새에 취해서
서투른 갈퀴 걸음으로
온종일 갈대밭을 서성이다가
두고 온 하늘이 못내 그리워

은색 빛깔 부리를 저어
노을 위로 사뿐 날아오르면
욱신거리는 뭍의 기억들은
갯바람에 말갛게 다 씻기고

오직 익숙한 날갯짓으로
무거운 육신 가벼워지는
비로소,
새가 되어 새가 되어

가을밤

설익은 밤송이 털어
아가리 억지로 벌리려 한들
잔뜩 약 오른 가시에 찔려
손마디에 송송 피멍울 돋치고

파르라니 떨리는 가을하늘
그 마지막 햇살 한 올까지도
기다릴 줄 아는 자에게만
가시옷 스스로 벗어
찰진 밤알 톡하니 터뜨리고

매미

한 점의 빛도 흘러들지 않는 땅속
사각사각 뿌리를 갉아 수액을 빨며
천형 같은 어둠에 갇혀 십 년을 보냈다.
질기디 질긴 천형이 끝나던 날,
어린 몸 길러준 나무 위로 기어올라
캄캄한 밤 때를 기다려 허물을 벗고
비로소 눈부신 날개를 달았다.
이윽고 가뿐한 날갯짓으로
두껍게 앉은 흙냄새를 털어내며
처음으로 지상의 싱싱한 공기를 들이마셨다.
그러나 십 년의 어둠을 뚫고 나온 새 생명에
여기 지상에서 허용된 빛의 자유는
아, 환장하게도 짧은 오직 열흘뿐!
또 다시 내려진 천형의 시간,
이제 그 열흘간의 생존과 번식을 위해
미치도록 맴·맴·맴·맴
미치도록 나·여·깄·소
몸마디 부러지게
울고 울고 또 울었고,

그 맹렬한 울음을 먹어치우며
여름날 햇덩이는 푹푹 익어갔다.

나이를 먹는다는 것은

나이를 먹는다는 것은
때 묻은 허물 한 겹 벗어
한 살 한 살 또 그렇게
나이를 먹는다는 것은
차마도 이루지 못한 꿈이기에
초조하게 긴 밤 뒤척이며
뼈마디 삭히는 것이 아니요
세월에 무지러진 가슴을 쓸어
잔잔하게 돌아섬을 배우는 것이라고
험한 세상 끌어안은 속내 깊은 산처럼
묵묵하게 돌아섬을 배우는 것이라고

그리하여 그 돌아서는 뒷모습에
한 뼘 더 길어진
너그러운 그림자 드리우는 것이라고

벗이여

나 그대를 멀리하듯 하여도
벗이여, 서운히 생각하지 말게나.
나 그대를 아주 잊은듯 하여도
벗이여, 토라져 마음 상하지 말게나.

세상이 자꾸 내 등을 떠밀어
눈길 매운 타관으로 쫓겨 다녀도
문득문득 떠오르는 그대 얼굴이
나의 고단한 하루를 덜어
넌지시 웃음 한 조각 짓게 함은
벗이여, 그대의 넉넉한 향기 덕이 아닌가.

그리하여 아마도 먼 훗날이리라.
거친 바람 속 서로를 위해 아직도
뜨거운 눈물 한 움큼쯤 남겨둘
벗이여, 너와 나 언제고
그런 믿음으로 살아가세나.

고향 열차

그저 주머니 담배 한 갑이면 좋다.
가고 오고 왕복 기찻삯에다
출출하면 사먹을 한 그릇 국수값이면 족하다.
거칠 것 없이 가난한 몸을 싣고
겨우내 웃자란 볼그라진 생각들일랑
봄바람에 훌훌 털어 떠날 일이다.

창쪽 자리면 더욱 좋다.
달려드는 산이며 물이며 들길 따라
오므라든 숨구멍을 마음껏 벌름대렷다.
따스한 햇살에 졸음이라도 내려
차창을 베개 삼아 꾸벅꾸벅한들
누구 하나 뭐랄 사람도 없잖나.

고개 들어 휙 하니 주위를 둘러보면
모두가 낯익은 말투, 옷차림, 얼굴 표정들.
덥석 손이라도 잡아끌고 싶어진다.
고향으로 가는 열차 안에는 벌써
고향 마을 흙냄새며 고향 사람 살냄새가
흐드러진 들꽃처럼 피어오른다.

봄

봄이 오누나
봄이 오누나

숫처녀에게도
노처녀에게도
봄이 오누나
봄이 오누나

아낙에게도
할매에게도
봄, 봄, 보옴,
봄이 오누나

봄 앞에
살랑살랑 돋아나는 봄 앞에
우리네 만萬 여인은 평등하누나

돌섬

쪽빛 물살 감기는
해수면 밑 바윗돌
외봉 낙타 등 굽듯
불룩 돋아 섬마루

노을 진 물너울에
묵은 풍진 벗기려
발을 담근 가부좌

창랑 따라 훌쩍
홀로 떠난 객심

디카

아무래도 이 사진은 쓸 수 없겠는걸요.
포샵으로도 마사지가 영 어렵겠어요.
여기 여기 이 부분을 좀 보실래요?
아래쪽요, 아니 조금 더 아래쪽요.
이곳 머리칼 끝 말이죠, 짭짜름한
소금기가 전혀 안 배어 있잖아요.
또 이 섬처녀 비릿하고도 봉긋봉긋한
대체 살냄새는 어디로 사라진 거죠?

제4부

약속

그대 떠나는 빈자리에
우리 한 그루 나무를 심자.
센바람에 더욱 빛 고운 꿈을
가슴 속 깊이 심어 간직하자.
그래서 그대 돌아올 먼 날,
궁근 땅에도 잎새 우거진
그 늠름한 나무를 노래부르자.
푸르러진 가슴을 열어 우리
못다 한 꿈을 다시 피우자.

토끼와 거북이

앞지를 기회는 반드시 있다고
뒤쳐져도 포기하지 말라고
어릴 적 고개 끄덕이던
이솝우화를 기억하잖느냐고

하지만 고놈의 고
토끼가 잠들지 않으면 어쩌지
두 눈 빨갛게 치켜뜨고
두 귀 쫑긋이 치켜세우고
더 빨리 더 멀리 달음박질치면 어쩌지

세상없어도 거북이가 토끼를
이기지는 못하는 법이라고
그 진짜배기 진실을 알아챘을 때
토끼는 이미 골인 지점을 통과해버렸다고
거북이는 아직도 언덕배기서 버둥대고 있다고

박제된 이야기 속으로 달려 들어가
황급히 외쳐본들 악악대고 소리쳐본들

거북이는 토끼가 카피라이팅한
공익광고 모델로 이용당했노라고

껍질

너의 숙명은 제거되는 것이다.
음침한 부식의 반점들이
표면 위로 오종종 모여들면
쭈우욱,
벗겨져야 하는 것이 타고난
너의 팔자인 게다.

단칼에 베어지고 도려져도
분하다고
노엽다고
발버둥치지 마라.
아우성치지 마라.
썩어가는 뺨따귀에 펄럭거리는
부고장을 찢으려 마라.

저녁내 휙휙대는 바람소리에
피막을 뒤틀며
속살 오그라뜨리던 반란도
이제는 끝났나니,
순순히 숙어져

한 점 흔적 없이
어서 벗겨질 일이다.

산무당

산에 홀려 산에 미쳐 그런 씨를 산무당이라 했지. 이남
땅 내로라하는 명산들이야 기십 번 오른 게 예사고, 이름
없는 시골 야산까지도 씨의 표현을 빌자면 씨가 애무해주
지 않은 산이 없다더라. 그러길래 씨는 껄껄대며 자신을 타
고난 난봉꾼이라나, 자고 새면 산바람 나 너울렁대길 한 이
십 년이 흐른 게야. 사실은 그 이십 년을 씨는 질긴 꿈 하
나 길러온 게지. 통일의 꿈을. 통일이 되어 신명나게 이북
땅 산이란 산도 모조리 오르겠다는 꿈을 말야. 씨의 정력을
다해 산골짝 구석구석까지 애무해주겠다는 꿈을 말야. 그
러니 씨에겐 분단된 하루하루가 조바심 날밖에. 통일이 되
어도 또 한 이십 년은 걸릴 법한 씨의 꿈이기에 흐르는 세
월이 안타깝고 야속스러울밖에. 씨의 나이 오십 줄에 이제
는 팔다리도 힘에 부쳐 남몰래 속앓이만 깊어가고…… 오늘
도 산길 오르는 걸음걸음 되뇌며 간절히 씨는 빌고 또 비는
게야. 그저 속히 통일되게 해달라고 산무당 조아려 산신령
께 비는 게야.

침묵

침묵에도 소리가 있다.
풀밭 미끄러지는 바람 소리처럼
쉭쉭 고막을 마찰하는 소리가 있다.
귀를 막아도 눈을 가려도
넝쿨처럼 기어 붙는 소리가 있다.
침묵하게 만든 자들의 거기
불안한 가슴팍에 마침내
비수로 꽂히는 소리가 있다.

침묵에도 소리가 있다,
소리보다 더 곤두선 소리가 있다.

샐러리맨

오늘도 사무실 책상머리 앞에 조아려
고분고분 하루를 살았습니다.
그것이 정녕 나의 안녕을
그리하여 내 가족의 안녕을
위함이라 굳게 믿으며
지폐로 환산되어 입금될
또 하루의 품값을 안도했습니다.
나이의 무게가 불어날수록
존재의 무게는 좁아만 들고
돈뭉치로 대신 구멍난 곳들을 메워야 하는
가장의 책무 또한 끄덕였습니다.
흐늘거리는 몸뚱이 온전하게 지탱해줄
튼실한 뿌리 한 가닥 박지 못하고
언젠가는 폐서류처럼 내다 버려질
초라한 자화상을 예감하면서도
넥타이줄 바짝 고쳐 매며
행여 놓칠세라, 꼭- 꼭-
내 안녕의 바짓가랑이를 붙잡았습니다.

서울에

새우잠 고단한 밤은 지나고
토악질한 밥알들 아직
채 마르지 않은 거리에
아침이 온다, 서울에

밤사이 쓰리던 위벽을
두터운 매연으로 감싸며
달음질치는 천만의 아우성으로
도심의 하늘은 벌써 충혈돼 있고

오늘도 등 굽어진 사람들
꺼슬한 얼굴 마주 대하며
뒷골목 시큼한 토악질
다시 꿈꾼다, 서울에

버스를 기다리며

아침 출근길,
여의도행 버스를 기다리며
오 분이 지나고 십 분이 지나도
오지 않는 버스를 기다리며
새벽같이 되레 나를 기다렸을
책상이며 의자며 PC 모니터
옆에 또 수북한 서류 뭉치들
그것들이 밤새 매설해놓은
광역 무선 케이블에 잡아 매여
목이 빠지게 버스를 기다리며
애꿎은 운전기사 욕을 해대며

황금박쥐

   교장선생님 훈시가 있는 날도 아닌데 아침부터 운동장에 전교생이 모였다. 등사기로 급하게 밀어냈는지 아직 잉크자국이 번들거리는 16절지 악보가 나누어졌다. 이윽고 음악 선생님—대머리에 해골처럼 눈이 푹 패여 별명이 '황금박쥐'다—이 연단에 올랐다. 학교 재단 이사장의 사모님께서 어젯밤 갑작스레 돌아가셨단다. 내일 오전 학교장으로 장례식을 치르는데 전교생이 조가를 부르기로 정해졌단다. 시간이 없으니 빨리빨리 따라 배우라는 것이었다. '가시다니 여사님~ 이옥동 여사님~~' '가시다니 여사님~ 이옥동 여사님~~' 한 소절 또 한 소절 황금박쥐는 사뭇 장중하게 지휘봉을 내리 저었고, 조가를 부르는지 축가를 부르는지 건성건성 따라하는 아이들은 차라리 수업 몇 시간 빼먹는 게 신난다는 표정이었다. '가시다니 여사님~ 이옥동 여사님~~' '가시다니 여사님~ 이옥동 여사님~~' 따가운 햇살 아래 어느덧 황금박쥐의 대머리는 땀에 배어 반질거렸고, 이제 막 불알에 솜털이 돋기 시작한 아이들은 조금은 응큼스럽게 뒷전에서 키득키득거리고 있었다.

드라마

TV드라마에 나오는 남녀 주인공들은
수려한 외모도 외모려니와 어쩜 그렇게
한 치의 빈틈없이 조리에 꼭 맞게
그것도 삽시간에 기관총 탄피 튀듯
조목조목 따다다닥 쏴붙일 수 있을까
당차고 야물딱진 폼새로 뻐팅길 수 있을까
똑소리 난다, 똑소리, 또-옥 소리!
바로 그 맛에, 옳다거니, 그 속 후련한 맛에
하루 온종일 잔뜩 주눅이 들어 귀가한
앞집 김 씨, 뒷집 이 씨, 옆집 박 씨
펑퍼짐한 궁둥짝이 들썩대는 것이지
통 크고 담 큰 드라마 속 위인들, 빤한
가공인 줄 알면서도 본방 사수 채널 고정
부러움 넘실대는 시선으로 치켜 보는 것이지
자고 새면 속개될 내일의 빡센 실화 속으로
어젯밤 주인공들 잘난 그 얼굴 오버랩될 때마다
신세타령 한숨 자락만 길쭉이 더 늘어질지라도

또 하루

아침에 눈을 뜨면 촉각 곤두세워
배 주린 들짐승이 먹잇감을 구해 나서듯
습성적으로 제일 먼저 조간신문을 뒤진다
세상 발칵 뒤집어놓을 성싶은
쇼킹하다거나 짜릿짜릿 감각적인
특종기사, 연예기사를 찾는 게 아니다
밤사이 싸해진 속을 둥그레 쓸어주며
오늘도 함께 힘내자고 나긋나긋 말해주는
제발 그런 소식, 그런 사람을 찾는다
하지만 때론 소박한 기대마저도
허황된 꿈으로 오인되는 세상 아닌가
앞면이고 뒷면이고 따개비처럼 박혀 있는
온통 사납고 더러운 활자들로
아침부터 뭣같네! 소리가 절로 나오고
그렇게 김새며 시작되는 다시 또 하루

증거

도심 속 거리의 그들 더 이상 내게 말 걸지 않을 때.
반갑게 웃음 띠며 다가와 내 소매 붙잡지 않을 때.
그래, 나도 이제 천상 나이란 게 들었나 보다.
그들에게 내 몸뚱어리 더는 쓸모가 없는가 보다.
끝내 그 샐긋한 말 나를 비껴갈 때, '헌혈하세요!' 그 말.

순남이의 여름

조개마을 바닷가에 여름이 오면 여덟 살 난 순남이는 우울해 했네. 이른 아침 백사장에 맨발로 달려 나가 제일 먼저 은빛깔 조개껍질 줍던 일도, 해질 무렵 방죽 위에 걸터앉아 깜빡이는 수평선 너머 아빠 탄 고깃배 기다리던 일도, 이제는 모두 다 그만이었네. 사방 도회지서 떼거리로 몰려든 눈자위 뻘그름한 행락꾼들에 장사치들이 물 순해 사람 순한 조개마을을 밤낮으로 거들먹거리며 들쑤셔댔고, 며칠도 안 가서 마을 전체는 시끄럽고 너저분한 장바닥이 되고 말았네. 알몸으로 뒹굴고 헤엄치던 순남이의 그 하얀 모래밭 파란 바닷물은 힘없이 빼앗겨 마구 짓밟혔고, 어느새 구린내 비린내가 범벅된 오물구덕이 되고 말았네. 조개마을 바닷가에 여름이 오면 뱃고물에 앉아 놀던 물새들도 어디론가 모두 날아가버렸고, 포구 위 인적 뜸한 언덕바지에 순남이는 혼자 남아 울었네. 여덟 살 난 바다 소년은 바다에 없었네.

생업은 소중한 것이여

우리 것은 소중한 것이여
박 모 명창의 청심환 광고 가락을 본떠
생업은 소중한 것이여

아이들과 아내가
세상없는 아빠와 남편으로
여전히 나를 믿고 바라보는 한
생업은 소중한 것이여

순진한 그 믿음 차마 허물 수 없어
어제도 또 오늘도 신발코 앞에 툭하고 던져지는
이종격투기 헤드록 같은 구속과 때론 굴욕까지도
목울대에 울컥울컥 치밀어 오르는
남자의 성기 같다는 욕지거리도
늘상 입는 옷가지와 액세서리쯤으로 여겨야 하는 한
생업은 소중한 것이여

그 옷가지 나날이 두툼해지는 한
훌훌 벗어던져 버리기엔 어느덧
내 알몸이 너무도 배싹 말라 보이는 한

그럴수록 이빠이 더 목청을 돋워
생업은 소중한 것이여

시여!

밑바닥 엷게 고인 자존심까지도
모조리 다 핥아 먹어버리는
이 고속탈수기 같은 시대에
벌거벗은 뿌리로 선
마지막 내 버팀목이여, 시여!

가족의 시학

맹문재(문학평론가·안양대 교수)

1.

윤중목 시인의 작품들에서 가족은 시 세계를 이루는 토대이자 가치이다. 시인이 자신을 가족의 한 구성원으로 인식하는 면은 한국 시문학의 오래된 전통 중의 한 가지이지만, 가족의 가치가 점점 위협받고 있기에 새롭게 주목된다. 가족은 사회를 구성하는 기초 단위로서 구성원의 결속감은 공동체 사회의 가치와 규범을 형성하는데, 현재의 한국 사회에서는 그 존재가 위태로운 것이다.

지난 세기의 한국 사회는 격변의 시대였다고 볼 수 있는데 가족의 변화에서도 여실히 확인된다. 이전까지는 유교주의 윤리가 확립된 대가족 사회로 부자 관계를 중심으로 효의 실행을 통해 가계가 지속되었다. 비록 차남 이하는 부모로부터 독립해 새로운 가족을 이루었지만, 장남은 부모와 함께 한집에 모여 살아 가계가 단절되지 않고 이어

진 것이다. 그리하여 가족의 가치는 한 개인의 삶의 태도
는 물론이고 사회의 체계를 이루고 규범을 발전시키는 역
할을 해왔다.

그렇지만 한국전쟁 이후 서구의 문물이 급속히 유입되고
경제개발 정책이 본격화되면서 대가족 제도는 무너지기 시
작했다. 사람들에게 직업적 이동을 요구하는 산업사회에서
는 핵가족 제도가 보다 적합했던 것이다. 그리하여 부부와
그들의 미혼 자녀로 구성된 가족의 윤리가 대가족에서 통
용되던 것을 대신하게 되었다. 그렇지만 조상을 숭배하고
가계를 존속시키려는 가치는 여전히 이어져 외형적으로는
핵가족이 정착되었지만 완전하게 이루어진 것은 아니었다.
부부관계로 형성된 가족이 이혼이나 사별 등으로 해체되거
나 1인 가족의 증가로 인해 가계가 계승되지 못하는 경우
가 늘어났지만, 부모와 자식 간의 유대감은 여전히 소중하
게 여겨져온 것이다.

그런데 21세기에 들어서는 핵가족 제도조차 위협받는 상
황이 도래되었다. 산업사회를 지나 새로운 정보사회에 들
어선 한국 사회는 이전까지의 경험으로는 예상할 수 없는
양상으로 전개되고 있다. 컴퓨터의 적극적이고도 광범위한
사용으로 말미암아 기존의 사회 체제는 크게 변화하고 있
다. 인터넷, 멀티미디어, 디지털, 데이터, 소셜 네트워크,
글로벌 등의 용어들이 지배하는 데서 볼 수 있듯이 기존의
산업노동을 대신해서 정보를 수집하고 가공하고 유통하는
지식노동이 사회의 중심 역할을 수행하고 있는 것이다. 또

한 물리적 제한이 없는 가상공간의 등장으로 인해 사회 구성원의 신분과 역할이 바뀌고 있고 개방성과 무한한 자유로 인해 개인의 정신 가치와 행동 양식이 큰 혼란을 겪고 있다. 핵가족 제도는 혼인한 부부의 가치와 행동이 사회의 규범으로 정착되어 긍정할 면을 가지고 있지만, 가상공간에서는 그것마저 거부되거나 무시되고 있어 가족 제도 자체가 위협당하고 있는 것이다.

이와 같은 환경은 자본주의 제도의 확대 및 심화와 밀접한 관련이 있다. 자본주의 체제는 공동체에 대한 가치를 추구하기보다는 개인의 탐욕을 최대한 이용한다. "자본주의의 또 하나의 특징은 개인주의를 극단적으로 긍정한다는 것이다. 그리고 공동체에 대한 긍정은 있기는 하지만 매우 적다. (중략) 그리고 자본주의의 목적은 산업자본가의 관점에서 보면 법률의 규정 내에서 가능한 한 자신의 보수를 높게 하고 노동자들의 임금을 낮추려 한다. 이는 수익을 최대한으로 하기 때문이고 그것이 모든 자본주의적 사업에서 가장 중요한 목표이다."● 자본가 계급은 법이 정하는 범위 안에서, 실제로는 법의 규정을 어기면서까지 노동자의 임금을 낮추고 자기의 이익을 챙긴다. 또한 자기 이익을 확대하기 위해 정보 기술까지 도입해 컴퓨터나 온라인 서비스로 사

●레스터 C. 써로우, 강승호 옮김, 『경제 탐헌 : 미래에 대한 지침』, 이진출판사, 1999, 50~51쪽.

91

회 관계망을 구축한다. 따라서 정당의 당원이나 노동조합의 조합원이 줄어들고 시민들의 정치 참여가 약화되는 것이 사실이다. 이와 같은 상황에서 가족의 가치를 추구하고 있는 윤중목 시인의 시 세계는 주목된다.

2

할아버진 리어카쟁이셨네.
역전앞 도로나 시장통 거리에
요즘으로 치자면 용달차 짐꾼 정도?
젊은 날 높은 학식 다 집어던지고
길고 긴 역마살 이십 년 객지 생활 끝에
돌아와 고작 바꿔 탄 말이 리어카셨네.
그나마 근력은 아직 쓸 만하다는
표시셨네, 남은 생 의지할 단 하나뿐인.

할아버지 어쩌다가 쉬시는 날이면
리어카는 자연 나의 독차지였네.
신나는 전액 무료 놀이기구차였네.
할아버지 나 냉큼 들어 태우시고
온 동네 길이란 길은 들어갔다 나왔다
부릉부릉 입으로 찻소리 흉내까지 내가며
리어카를 부리셨네, 한 시간이고 두 시간이고

지상 최고의 브이아이피 꼬마 승객을 위해
당신의 육신 같은 리어카를 밀고 끌고 하셨네.

할아버지 스러지는 노년의 끝자락과
파릇파릇 돋아나는 내 유년의 앞자락에
아릿한 두 줄 바퀴 자국을 찍어놓은 리어카,
할아버지 죽어 남긴 단 하나의 유품이셨네.

—「리어카」 전문

　위의 작품에서 눈길을 끄는 장면은 "할아버지 스러지는 노년의 끝자락과/ 파릇파릇 돋아나는 내 유년의 앞자락에/ 아릿한 두 줄 바퀴 자국"이다. 할아버지의 생애가 손자의 생애로 이어지는 것을, 한 가족의 가계가 단절되지 않고 계승되고 있는 면을 선명하게 보여주는 것이다. 그것은 "할아버지"의 헌신적인 사랑이 있었기 때문에 가능하다. "할아버지 어쩌다 쉬시는 날이면" "온 동네 길이란 길은 들어갔다 나왔다" 할 정도로 손자를 태우고 다녔다. "한 시간이고 두 시간이고/ 지상 최고의 브이아이피 꼬마 승객을 위해/ 당신의 육신 같은 리어카를 밀고 끌고 하"신 것이다. "할아버지"는 경제적인 형편이 좋지 않아 손자를 자가용에 태우지는 못했지만, 손자에 대한 사랑은 결코 부족하지 않았다. 당신의 수레에 손자를 태우고 "부릉부릉 입으로 찻소리 흉내까지 내"며 온 힘을 다해 끌어준 것이다. 따라서 화자에게 "리어카"는 단순한 물건이 아니라 "할아버지"와 함께한 시간이

들어 있는 특별한 "유품"이다.

"리어카"는 비록 볼품없고 경제적인 측면에서는 내세울 만한 것이 못 되지만 "할아버지"에게는 분신과 같은 것이었다. 도시 영세민들의 삶에서 가장 힘든 문제는 안정된 소득을 마련하는 일이다. 그들은 잘살아보려는 의욕을 가지고 있지만 사회는 그들에게 일자리를 마련해주지 않는다. 그리하여 그들은 건설 공사장이나 일일 고용 시장에 나가거나 노점상이나 행상을 하거나 위의 작품의 "할아버지"처럼 배달하는 일에 종사한다. 따라서 불안정한 소득으로 인해 안정된 생활을 영위하기란 쉽지 않다. 이와 같은 차원에서 "할아버지"가 "남긴 단 하나의 유품"인 "리어카"는 어려운 생활 속에서도 가계를 잇게 한 도구이자 수단이기에 그 어떠한 가보보다도 소중한 것이다.

"할아버지"는 가족 구성원들에게 정情을 나타낸 것 이상으로 사랑을 베풀었다. 인연 의식과 가족 의식이 결합된 사랑을 실천한 것이다. 그리하여 "할아버지"의 사랑은 인간 윤리와 사회 규범의 토대가 된다. 조상이 이 세상을 떠났을 때 자손들이 "양지바른 자리"에 산소를 쓰고 "봉분 앞자락에/ 매끔한 흰 비석도 하나 세"(「무덤 앞에서」)우는 것이 그 모습이다. "바람 불어 뗏장이 어질러진 밤이면/ 뒷산 칡넝쿨 사납게 얼크러"진 산소를 제대로 돌보지 못하는 경우가 있겠지만 자식의 도리 자체가 무너진 것은 아니다. 그리하여 조상으로부터 받은 사랑을 가족에게 전하는 것이다.

아버지 읍내 친구집에 돈 빌리러 가시던 날,
엄마는 서둘러 기지바지를 다리셨고.
광 구석대기에 쑤셔 박아둔 구두짝도 꺼내어
켜 쌓인 먼지 손으로 털어 툇돌 위에 올려놓으셨고.
돈 꾸러 가지 선보러 가느냐며
아버지 짐짓 귀찮다는 듯 툴툴거리셨고.
그래도 또 아버진 아버지대로
상자곽에 꾹꾹 곶감을 눌러 담아 보자기로 싸셨고.
그것 들고 아버지 잰걸음으로 집문을 나서셨고.

온종일 맵싸한 벌바람이 살갗을 그어대던
그날, 늦은 밤이 다 되어서야
아버지 만취해 집으로 돌아오셨고.
아침에 들고 나간 보자기 꾸러미
싼 채로 그냥 그대로 다시 들고 오셨고.
엄마는 저녁상 차릴까 여쭤보셨고.
아버지 생각 없다며 손을 가로저으셨고.
비틀비틀 방으로 드시다 말고
툇돌 맨바닥에 철퍼덕 내려앉으셨고.

술기운에 꾸부정한 음정, 박자로
'아아, 으악새 슬피 우니 가을인가요.'
'아아, 으악새 슬피 우니 가을인가요.'
당신의 18번지 고복수 씨 노래 첫 소절만

계속 계속 토악질하듯 꺽꺽거리셨고.
찬 밤공기에 입김이 바스락거릴 때까지
희뿌연 달빛 아래 오토리버스처럼
열 번이고 스무 번이고 꺽꺽거리셨고.

—「으악새」전문

"아버지"는 집안의 가장으로서 경제 활동에 책임을 지고, 아내는 남편이 그 역할을 잘할 수 있도록 최선을 다해 돕고 있다. "아버지 읍내 친구집에 돈 빌리러 가시던 날,/ 엄마는 서둘러 기지바지를 다리셨고./ 광 구석대기에 쑤셔 박아둔 구두짝도 꺼내어/ 켜 쌓인 먼지 손으로 털어 툇돌 위에 올려놓으"시는 모습이 그러하다. 뿐만 아니라 아내는 남편이 경제 활동을 제대로 하지 못해도 원망하거나 비난하지 않는다. "아버지 만취해 집으로 돌아오셨고./ 아침에 들고 나간 보자기 꾸러미/ 싼 채로 그냥 그대로 다시 들고 오셨"지만 "엄마"는 어떤 비난도 원망도 하지 않고, 오히려 "저녁상 차릴까 여쭤보"신다. 돈을 빌리러 나간 남편이 뜻을 이루지 못하고 돌아와 가계가 어렵게 되었지만 남편을 이해하고 감싸 안는 것이다.

이와 같은 가족의 사랑은 작품 화자의 자세에서도 볼 수 있다. 화자는 "아버지"에 대한 사랑을 적극적으로 띠고 있지는 않지만 긍정적인 태도를 보이고 있다. 나이가 어려 "아버지"를 위한 행동을 하지 못하고 바라보기만 하지만 가슴 속으로 응원하고 있는 것이다. 돈을 빌리려고 외출했다가 실패한 채 귀가한 "아버지"가 "툇돌 맨바닥에 철퍼덕 내려앉"아 "술기운에 꾸부정한 음정, 박자로/ '아아, 으악새 슬피 우니 가을인가요'"라고, "당신의 18번지 고복수 씨 노래 첫 소절만/ 계속 계속 토악질하듯 꺽꺽거리셨"지만 싫어하거나 원망하지 않는 모습이 그러하다. 오히려 가난하고 힘없는 "아버지"를 이해하고 측은하게 여기는 것이다.

　가족은 "돈"의 부족으로 인해 어려움을 겪고 있다. "돈"이 가족의 사랑을 무너뜨리고 있지는 못하지만 결코 무시할 수 없는 것이다. 실제로 한국 사회의 가족은 경제적인 문제로 위협당하고 있다. 화자가 "주머니 위아래로 까뒤집어보지만/ 나갔다 올 왕복 버스비에도 모자랄 때", "봉지쌀 희끗하게 바닥이 보이고/ 라면 종류는 진작 다 떨어졌을 때", "처가고 본가고, 친구고 친구의 친구고/ 손 또 벌릴 위인 나부랭이 더는 정말 없을 때"(『굴욕』) 굴욕감을 가졌다고 고백한 것이 여실한 예이다. "언청이 코찡찡이가 돼버린 거울 속 얼굴 한복판에" "연체금 독촉장과 가압류 통지서가 달라붙어 펄럭거릴 때"(『삶의 명제』)도 마찬가지이다. 그리하여 화자는 "세상에는 네 가지 부류의 친구가 있는데/ 정말로 다급해져 돈 좀 꿔달라 해보면 안다"는 세태관을 갖고 있다. "돈이 있어 두 말 없이 선뜻 꿔주는 친구", "돈이 분명 있어도 둘러대며 안 꿔주는 친구", "돈이 없어 꿔주고 싶어도 못 꿔주는 친구", "돈이 없어도 어디서 구했는지 꿔주는 친구"(『시 같지 않은 시』) 등으로 친구관계를 구분 짓고 있는 것이다.

이처럼 경제적인 조건은 인간관계는 물론이고 가족관계에 큰 영향을 끼치고 있다.

3

음력 정월 대보름날 아침
부스스 잠에서 깬 나에게
아내가 호두 두 알 쥐어 주며
내 더위 가져가라!
훠이훠이 외치라 하네.

그깟 것 더위 따위 뭔 대수라고
나에게 가져갈 건 따로 있는데.
온몸 상피에 오글오글 들붙어 있는
찰거머리 같은 이 가난이나 가져가지.

호두 껍데기 창밖으로 휙 내던지며
내 가난 가져가라!
내 가난 좀 가져가라!
꺼이꺼이 외치고 또 외쳤네.

—「부럼」 전문

"부럼"은 호두, 밤, 잣, 땅콩, 엿, 무 등과 같은 딱딱한

과실이나 음식을 총칭한다. 한국에서는 정월 보름날 아침 깨무는 풍습이 있는데, 이 행위를 '부럼 깨문다' 또는 '부럼 먹는다'고 한다. 부럼을 깨물 때 한 해 동안 부스럼이 나지 않고 액을 막아주길 소망하면 뜻이 이루어진다고 믿고 각 가정에서 행하고 있는 것이다. "음력 정월 대보름날 아침/ 부스스 잠에서 깬" 화자에게 "아내가 호두 두 알 쥐여 주며/ 내 더위 가져가라!/ 휘이휘이 외치라"고 부탁하는 것이 그 모습이다.

그런데 화자는 "아내"의 그 부탁을 흔쾌히 받아들이지 못한다. 그 이유는 자신의 건강보다 가족의 "가난"을 더 심각하게 여기기 때문이다. 이는 경제적인 차원을 넘는 문제이다. 다시 말해 한 가족의 가장으로서 책무를 다하지 못하고 있기에, 한 가문의 자손으로서 도리를 다하지 못하고 있기에 부끄러워하고 죄책감을 갖는 것이다. 그리하여 화자는 "그깟 것 더위 따위 뭔 대수라고/ 나에게 가져갈 건 따로 있는데"라고 중얼거리며 "온몸 상피에 오글오글 들붙어 있는/ 찰거머리 같은 이 가난이나 가져가"길 염원한다.

가족의 "가난"을 자신의 건강보다 우선으로 여기는 화자의 모습은 안타깝고도 슬프다. 건강해야 "가난"을 극복할 것인데도 불구하고 화자는 "가난"의 그림자에서 벗어나지 못하고 있다. 따라서 "아내"가 남편에게 "부럼" 깨물기를 부탁하는 모습은 의미가 깊다. "아내"는 가족의 "가난"과 남편이 주눅 든 상황을 충분히 인지하고 있으면서도 탓하거나 원망하지 않고, 오히려 남편의 건강을 위해 "부럼"

깨물기를 권하는 것이다. 그 덕택에 남편은 생업에 매진하
고 있다.

우리 것은 소중한 것이여
박 모 명창의 청심환 광고 가락을 본떠
생업은 소중한 것이여

아이들과 아내가
세상없는 아빠와 남편으로
여전히 나를 믿고 바라보는 한
생업은 소중한 것이여

순진한 그 믿음 차마 허물 수 없어
어제도 오늘도 신발코 앞에 툭하고 던져지는
이종격투기 헤드록 같은 구속과 때론 굴욕까지도
목울대에 울컥울컥 치밀어 오르는
남자의 성기 같다는 욕지거리도
늘상 입는 옷가지와 액세서리쯤으로 여겨야 하는 한
생업은 소중한 것이여

그 옷가지 나날이 두툼해지는 한
훌훌 벗어던져 버리기엔 어느덧
내 알몸이 너무도 배싹 말라 보이는 한
그럴수록 이빠이 더 목청을 돋워

생업은 소중한 것이여

작품의 화자는 "아이들과 아내가/ 세상없는 아빠와 남편
으로/ 여전히 나를 믿고 바라보는 한/ 생업은 소중한 것이"
라고 말하고 있다. 화자의 이와 같은 말은 당연한 것이지만
비장하게 들린다. 그만큼 한국 사회에서 한 가장으로서 "생
업"을 통해 가족을 부양하기는 힘든 것이다.

"생업"에 종사하는 가장들은 일찍이 마르크스Karl Marx
가 진단했듯이 소외될 수밖에 없다. 자기 이익을 철저히 추
구하는 자본주의 체제의 심화로 인해 노동자들은 노동 생산
과정으로부터도 노동 생산물로부터도 소외된다. 다른 노동
자들로부터도 자기 자신으로부터도 소외된다. 이윤의 극대
화를 추구하는 자본가 계급이 기계화, 분업화, 경영 합리화
등 갖가지 전략을 시행하기 때문에 노동자들은 서로 간에
인격적 유대감을 형성하기가 힘들고 공동체의 가치를 이루
기가 힘든 것이다. 화자가 "어제도 오늘도 신발코 앞에 툭하
고 던져지는/ 이종격투기 헤드록 같은 구속과 때론 굴욕"을
당하는 것이 그 모습이다. 그리하여 화자는 "목울대에 울컥
울컥 치밀어 오르는/ 남자의 성기 같다는 욕지거리"를 내뱉
고 싶은 충동을 느낀다.

그렇지만 화자는 자신의 "욕지거리"를 "늘상 입는 옷가지
와 액세서리쯤으로 여"기고 참는다. 그것은 집안의 식구들
이 "세상없는 아빠와 남편으로" 여기는 "순진한 그 믿음 차

마 허물 수 없"기 때문이다. 이기적인 개인주의의 심화로 인해 가족이 해체되는 경우가 늘고 있는데 화자는 가족에 대한 사랑으로 극복하고 있는 것이다. 그와 같은 모습은 "오늘도 사무실 책상머리 앞에 조아려/ 고분고분 하루를 살았습니다./ 그것이 정녕 나의 안녕을/ 그리하여 내 가족의 안녕을/ 위함이라 굳게 믿"(『샐러리맨』)는 데서도 볼 수 있다. "나와 내 식구를 위한/ 또 하루의 비루한 양식을 버는 일에도/ 목숨 걸고 하"(『목숨 걸고』)는 데서도 마찬가지이다.

개인주의는 한 개인이 절대 권력에서 벗어나 인권과 정치적 자유를 확보하고 자신의 자율성과 창의력을 발휘한다는 점에서 긍정할 만한 가치이다. 그렇지만 한국 사회에서는 이기적이고 물질적인 것으로 변형되었기 때문에 문제이다. 개인의 이익만을 추구하느라 공동체의 가치나 윤리를 훼손시키고 법과 제도를 어기고 있는 것이다. 그리하여 가족 해체는 물론이고 범죄를 비롯한 갖가지 사회 문제가 발생되고 있다. 산업사회 이전에 안고 있던 빈곤, 불평등, 질병 등의 문제 못지않게 인간 가치가 위협당하고 있는 것이다. 따라서 화자가 "목청을 돋워/ 생업은 소중한 것이여"라고 노래하는 것은 가족에 대한 사랑으로써 이기적인 개인주의를 극복하고 공동체의 가치를 실현하는 모습이다.

4

밥은 사랑이다.

한술 더 뜨라고, 한술만 더 뜨라고
옆에서 귀찮도록 구슁거리는 여인네의 채근은
세상 가장 찰지고 기름진 사랑이다.

그래서 밥이 사랑처럼 여인처럼 따스운 이유다.
그 여인 떠난 후 주르르륵 눈물밥을 삼키는 이유다.

밥은 사랑이다.

다소곳 지켜 앉아 밥숟갈에 촉촉한 눈길 얹어주는
여인의 밥은 이 세상 최고의 사랑이다.

—「밥」전문

　"밥"의 해결은 인간 생존의 절대적인 조건이다. 인간은
"밥"에 대한 욕구를 채우지 못하면 매슬로우Abraham Ma-
slow가 욕구 단계설에서 제시했듯이 안전에 대한 욕구도 애
정과 소속감에 대한 욕구도 자기 존중에 대한 욕구도 그리
고 자아실현도 이룰 수 없다. 그리하여 작품의 화자는 "밥"
을 단순히 물질적인 대상으로 여기지 않고 "사랑"이라고 노

래한다. "한술 더 뜨라고, 한술만 더 뜨라고/ 옆에서 귀찮
도록 구숭거리는 여인네"의 "사랑"이 있기에 "밥"을 진정한
양식으로 삼은 것이다.

한국 자본주의 사회가 추구하는 물질주의는 프로테스탄
트의 윤리에 의해 자신의 직업에 최선을 다하고 근검절약
을 통해 물질적인 부를 축적하는 서구의 경우와는 다르다.
이기적인 욕망의 분출로 인해 치열한 경쟁과 결과 중심의
세계관이 지배적이다. 그리하여 물질주의는 개인의 능력을
나타내는 것으로 왜곡되고, 과소비를 부추겨 인간 가치를
물질 가치에 종속시키고 있다. 따라서 작품의 화자가 "밥"
을 "세상 가장 찰지고 기름진 사랑"으로 노래한 것은 의미
가 크다. "밥"을 가족의 사랑이 담긴 양식이자 인간 가치의
토대로 인식했기 때문이다.

장미꽃, 백합꽃 같은
꽃송이, 꽃봉오리에서만
깊은 향기가 나는 게 아니다.

화장품, 향수라든지
방향제, 방향초라든지
내지는 갓 구운 빵,
갓 내린 커피에서만
짙은 향기가 나는 게 아니다.

분명 사람에게도,
삼태기 같은 너른 그의 앞자락에
세상 모질고 험한 숱한 이야기들을
온몸으로 쓸어 담은 사람에게도
그윽하게 피어나는 향기가 있다.

그의 존재, 그의 이름만으로도
사나운 세파가 죽죽 그어댄
푹 팬 상처들이 아물려지는
취할 것 같은 향기가 있다.

아, 내가 그런 사람,
그런 향기이고 싶다!
—「향기」전문

　작품의 화자가 추구하는 인간 가치는 "내가 그런 사람,/
그런 향기이고 싶다"라고 나타낸 데서 볼 수 있듯이 "향기"
를 내는 일이다. 진정 "향기"는 "장미꽃, 백합꽃 같은/ 꽃
송이, 꽃봉오리에서만" 나는 것이 아니다. "화장품, 향수라
든지/ 방향제, 방향초"에서만 나는 것도 아니다. "갓 구운
빵,/ 갓 내린 커피에서만" 나는 것도 아니다. "향기"는 그와
같은 것에서뿐만 아니라 "사람에도" 난다. 따라서 "사람"에
서 나는 "향기"는 차원이 다르다고 볼 수 있다.
　화자는 "향기"를 내는 데 필요한 삶의 자세를 알고 있다.

"삼태기 같은 너른 그의 앞자락에/ 세상 모질고 험한 숱한 이야기들을/ 온몸으로 쓸어 담"으면 되는 것이다. 그리하여 "밤사이 싸해진 속을 둥그레 쓸어주며/ 오늘도 함께 힘내자고 나긋나긋 말해주는/ 제발 그런 소식, 그런 사람을 찾"(「또 하루」)는다. 또한 "눈길 부디 나직한 사람들이/ 그리워"(「사람」) 그들의 말소리에 귀를 기울인다. 화자는 이와 같은 행동으로 안전에 대한 욕구도 애정과 소속에 대한 욕구도 실현한다. "그의 존재, 그의 이름만으로도/ 사나운 세파가 죽죽 그어댄/ 푹 팬 상처들이 아물려지는" 데서 볼 수 있듯이 자기 존중에 대한 욕구도 실현한다. 그리고 "취할 것 같은 향기"를 내기에 자아실현도 이룬다.

이와 같은 화자의 자세는 전태일 열사의 정신을 따르는 것으로 볼 수 있다. 실제로 윤중목 시인은 미국의 다국적 IT 및 컨설팅 회사인 IBM의 노동조합 탄압 규탄 시위를 그린 「그대들아」*로 제2회 전태일문학상을 수상했다.

점심시간에는 나는 학교 주최 측에서 제공하는 식당에서 다른 선수들과 나란히 자리를 같이하면서 남녀 선수들과 같이 즐거운 대화를 나눌 때 문득 내가 아직도 서울에서 방황하고 있었으면 어떻게 되었겠나를 생각할 때 가슴

●김종석 외, 『새날 새날을 여는구나』(제2회 전태일문학상 수상작품집 ②), 세계, 1989, 77~99쪽.

이 뭉클하면서 어느 면으로나 관대하시고 인자하신 어머니, 아버지, 그리고 나의 주위의 모든 사람들이 더 한층 사랑스럽고 어떻게든지 공부를 끝까지 해서 지금도 서울에서 고생하고 있는 친구들을, 그리고 거리에서 허기진 배를 움켜쥐고 5원의 동정을 받고 양심까지도 다 내어보여야 하는 언제든지 밑지는 생명을 연장하려고 애쓰는 불쌍한 사람들을 위해 일하리라고 막연하게 생각을 했었다.

―「전태일 수기」부분

위의 글은 전태일이 청옥고등공민학교에 다닐 때 체육대회에 참가한 상황을 기록한 수기의 일부분이다. 전태일은 열다섯 살(1963년) 때 대구 명덕국민학교 안에 가교사로 있던 청옥고등공민학교에 입학했다. 가정 사정으로 중학교에 진학하지 못한 학생들이 다니던 곳이었다. 전태일은 초등학교 4학년 중퇴의 학력이어서 기초 지식이 부족한데다가 집에서는 아버지의 재봉 일을 도와야 했기 때문에 학교에 다니기가 쉽지 않았다. 그렇지만 즐거움을 가지고 열심히 다녔다. 비록 1년도 못 되는 기간이었지만 배움을 통해 인간의 자유와 사랑의 가치를 체득한 것이다. "그에게는 생전 처음 맛보는 즐겁고 보람찬 나날이었다. 전태일의 수기를 찬찬히 읽어가노라면 그가 청옥 시절의 한 순간 한 순간을 다 기억하다시피하고 있었으며, 그 순간들을 두고 두고 가장 아름다운 추억으로 간직하고 있었다는 것이 느

껴진다."•

　전태일은 자신이 처한 열악한 환경을 배우는 즐거움으로
이겨내었다. 그것은 내일의 출세를 희망하거나 새로운 길
이 보여서가 아니라 가족을 사랑하는 것은 물론 여전히 허
기진 배를 움켜쥐고 거리를 헤매는 불쌍한 사람들을 사랑할
수 있었기 때문이다. 그리하여 전태일은 그들을 위해 일을
해야겠다고 다짐했던 것이다.

　사회적 존재로서 타자를 품으며 자아의 실현을 이루는 것
은 이기적인 개인주의와 물질주의에 함몰되고 있는 인간 존
재를 불러일으킨다. 주체적이면서도 헌신적인 사랑으로 인
간의 가치를 회복시키는 것이다. 윤중목 시인은 그것의 토
대가 가족의 사랑이라고 인식하고 구체적이면서도 다양하
게 추구하고 있다. 따라서 시인의 시 세계에서 가족은 의식
주를 함께 해결해나가는 혈연집단을 넘어 사회적 공동체의
의미를 띤다. 가족을 자신의 식구에게 한정하지 않고 가난
하고 배우지 못한 친구와 동료와 이웃까지 껴안은 전태일의
정신과 같은 것이다.

•조영래, 『전태일평전』, 돌베개, 1991, 51쪽.